幼兒全語文 階梯故事 系列

# 春天來了

袁妙霞　著

野人　繪

園丁文化

春天來了，天氣和暖。

花園裏的花朵開得真美麗。

蝴蝶來了，説：「我愛到花園跳舞。」

蜜蜂來了，説：「我愛到花園採花蜜。」

鳥兒來了，說：「我愛到花園賞花。」

猴子哥哥來了，他要做什麼呢？

猴子哥哥說：「我愛到花園種花。」

# 導讀活動

**進行方法：**
❶ 讀故事前，請伴讀者把故事先看一遍。
❷ 引導孩子觀察圖畫，透過提問和孩子本身的生活經驗，幫助孩子猜測故事的發展和結局。
❸ 利用重複句式的特點，引導孩子閱讀故事及猜測情節。如有需要，伴讀者可以給予協助。
❹ 最後，請孩子把故事從頭到尾讀一遍。

**封面**
1. 請說說圖中的景象。你猜這是什麼季節的景象呢？
2. 請把書名讀一遍。

**P2 ~ P3**
1. 你猜圖中是什麼地方？那裏的花朵開得美麗嗎？
2. 你猜圖中是什麼季節的景象？春天的天氣怎樣？你喜歡春天嗎？

**P4**
1. 誰到花園來了？
2. 從圖中看來，蝴蝶到花園來做什麼呢？

**P5**
1. 誰到花園來了？
2. 從圖中看來，蜜蜂到花園來做什麼呢？

**P6**
1. 誰到花園來了？
2. 從圖中看來，鳥兒到花園來做什麼呢？

**P7**
1. 誰到花園來了？他手中拿着什麼？
2. 你猜猴子哥哥到花園來做什麼呢？

**P8**
1. 你猜對了嗎？猴子哥哥在做什麼？
2. 試想想，花園裏的花是怎樣來的？
3. 花園中美麗的花朵，我們可以隨便採摘嗎？為什麼？

# 說多一點點

## 兒歌 春天來了

青蛙媽媽睡醒了，
呱呱呱呱叫。
青青的楊柳隨風飄，
地上長青草。
小鳥在歌唱，
春天來了，春天來了。

## 唐詩 春曉

作者：孟浩然

春眠不覺曉，
處處聞啼鳥，
夜來風雨聲，
花落知多少。

# 字卡

❶ 把字卡全部排列出來，伴讀者讀出字詞，請孩子選出相應的字卡。
❷ 請孩子自行選出多張字卡，讀出字詞並口頭造句。

請沿虛線剪出字卡。

| | | |
|---|---|---|
| 春天 | 天氣 | 和暖 |
| 美麗 | 蝴蝶 | 愛 |
| 跳舞 | 蜜蜂 | 採花蜜 |
| 鳥兒 | 賞花 | 種花 |

幼兒全語文階梯故事系列
第3級（中階篇）

《春天來了》

©園丁文化

幼兒全語文階梯故事系列
第3級（中階篇）

《春天來了》

©園丁文化

幼兒全語文階梯故事系列
第3級（中階篇）

《春天來了》

©園丁文化

幼兒全語文階梯故事系列
第3級（中階篇）

《春天來了》

©園丁文化

幼兒全語文階梯故事系列
第3級（中階篇）

《春天來了》

©園丁文化

幼兒全語文階梯故事系列
第3級（中階篇）

《春天來了》

©園丁文化

幼兒全語文階梯故事系列
第3級（中階篇）

《春天來了》

©園丁文化

幼兒全語文階梯故事系列
第3級（中階篇）

《春天來了》

©園丁文化

幼兒全語文階梯故事系列
第3級（中階篇）

《春天來了》

©園丁文化

幼兒全語文階梯故事系列
第3級（中階篇）

《春天來了》

©園丁文化

幼兒全語文階梯故事系列
第3級（中階篇）

《春天來了》

©園丁文化

幼兒全語文階梯故事系列
第3級（中階篇）

《春天來了》

©園丁文化